読売新聞 時事川柳100句掲載記念句集

鍋つかみ

東 定生川柳句集

Azuma Sadao SENRYU Collection

新葉館出版

序にかえて

東定生さん。時事川柳研究「川柳瓦版の会」及び、読売新聞「よみうり時事川柳」欄へ突然出現された。２０２０年頃。約４年前。新型コロナウイルス感染症が本土へ上陸した頃となる。

時事川柳研究者が陥る危険ゾーン。①権力に悪口雑言を言い放つだけの莚旗的作句をすること。②災害や大事故、人間の死について冷ややかな寸描的観点から作句すること。③人間界を高みから見下ろして審判者の立場から作句すること。

彼はそんな傲慢な道に陥ることなく、人間と人間界を常に冷徹に観察。分析して十七音に組み上げる。その作業を充実したエネルギーで積み上げて来られた。

この度作品集「鍋つかみ」を発刊されるにあたり、原稿を拝見すると、私がこれまで接してきた彼の時事関係作品の他にも、多角形に句を書き溜めておられたようだ。作者の人間界への奥深い観察と、暖かさと、何より横溢するユーモアを味わって頂きたい。

川柳瓦版の会　**井上一筒**

川柳句集

鍋つかみ

目次

序にかえて　井上一筒

第一章 …………………… 7

ボルネオへの旅 …… 31

第二章 …………………… 33

ヨーロッパアルプス … 45

アンデス音楽を訪ねて … 63

第三章 …………………… 65

ネパールの旅 ………… 75

ネパール地震 ………… 93

第四章 …………………… 95

あとがき ………………… 125

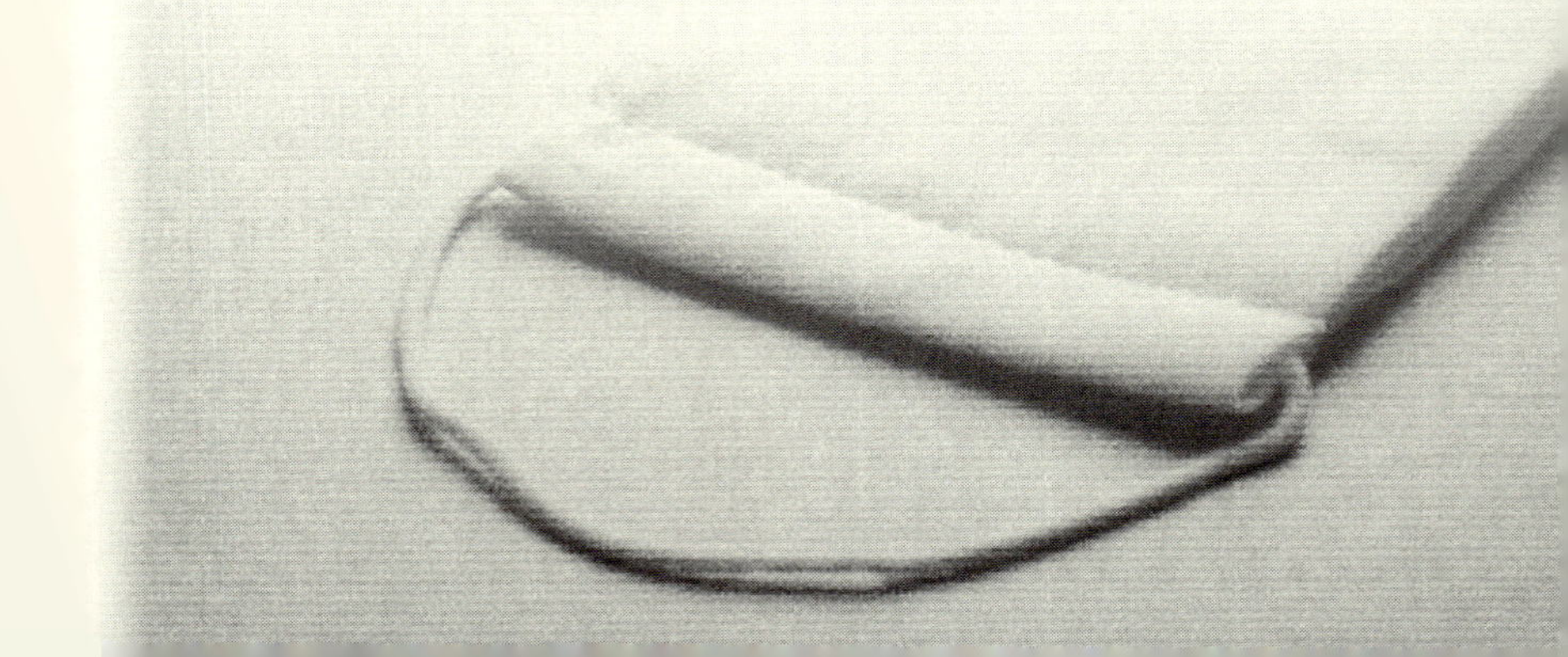

川柳句集

鍋つかみ

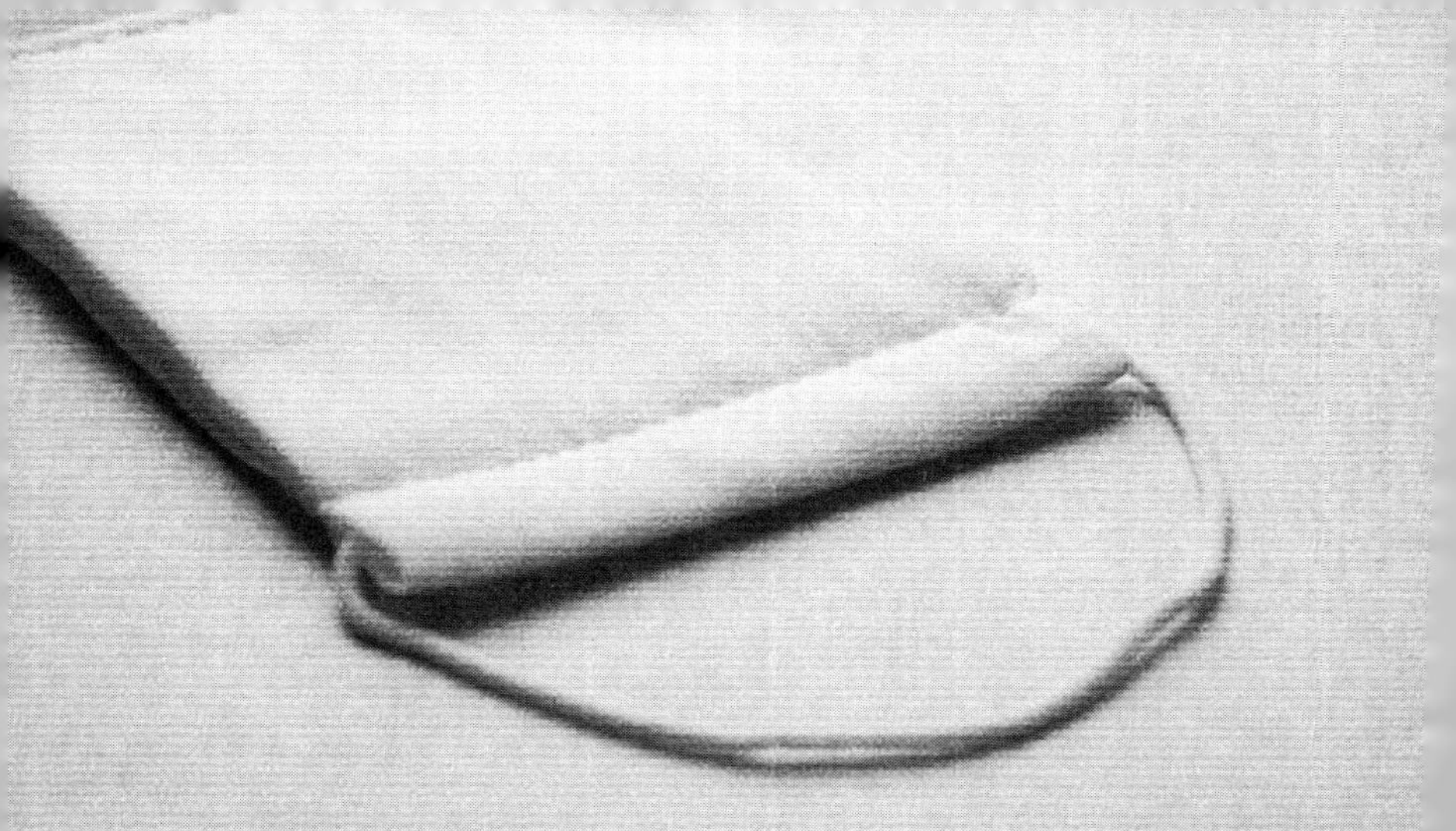

第一章

令和２(2020)年の出来事

１月、日本で新型コロナウイスル(COVID-19)を初めて確認、２月、クルーズ船「ダイヤモンドプリンセス号」で日本人乗客２名が死亡。３月、WHOが新型コロナウイルスの感染拡大についてパンデミック相当の認識を示す。同月１３日、新型コロナウイルス対策の特別措置法に基づく緊急事態宣言成立。４月、全国に宣言。全国小中高の休校要請、高校野球が春夏中止のほか東京五輪・パラリンピック延期。志村けん他著名人の新型コロナでの死去相次ぐ。不織布マスク不足の解消を目的に政府が全世帯にガーゼ製の布マスクを配布。当時の安倍首相による経済政策「アベノミクス」をもじって「アベノマスク」と呼ばれる。観光関連産業を中心に経済政策「GoTo キャンペーン」決定。５月、39県で緊急事態宣言を解除。７月レジ袋有料化。８月、安倍首相が持病悪化を理由に辞任表明、９月菅首相誕生。九州は７月豪雨で死者多数、１０月は台風１０号による大規模停電など天災による被害相次ぐ。

アベノマスク届くころには鍋つかみ

（R2・5／18掲載）

中国語忘れたようだ奈良の鹿

（R2・6／8掲載）

俺の過去すべてスマホに聞いてくれ

（R2・6／29掲載）

補佐官を補佐する補佐の補佐がいる

（R2・7／11掲載）

おばちゃんは電車の中で脱皮する

（R2・7／21掲載）

日銀の財布の底に穴が開く

（R2・8／18掲載）

ＧｏＴｏは進め止まれの大騒ぎ

（R2・8／30掲載）

ポイントを貯めてはかじり生きている

（R2・9／9掲載）

ニーハオは覚えているか奈良の鹿

（R2・10／11掲載）

コスモスがマスクをせずに歌ってる

（R2・10／31掲載）

伊勢エビをおせち料理が捕りつくす

（R2・11／7掲載）

どこからか湧いて出るのが給付金

（R2・11／16掲載）

ざわざわと世間話をする落ち葉

（R2・12／3掲載）

居酒屋で話題にならぬ新組閣

一票の重さを知った落選者

家系図を看板にする立候補

青信号待てずに渡る岸田さん

雨漏りがポツンと当たる自民党

アメリカが使ってみたい新兵器
怪しげなひとも選んだ有権者
ウクライナ最新武器の見本市

うさぎ追いし　かの山削る辺野古基地
埋め立てに利害が絡む漁業権

ガーシーも経歴上は元議員
閣僚をスカウトしたい新喜劇
政権が修正できぬ噛み合わせ
神様も間違い犯すパレスチナ
消されずに生きていたのかゴルバチョフ

岸和田で山車を引いてたプリゴジン
着脹れのダルマのような予算案
グレタちゃん爺様たちに活入れる
雲隠れも変身もする公文書
黒塗りのパズルのような公文書

血税で武器と支持率ショッピング
小池さん嫌いなようだ並木道
国債で埋め尽くされた御金蔵
こども庁作って増えるお役人
コロナ禍に間伐された高齢者

総裁をヘッドロックの清和会
失言で机が動く座席表
自民党に命預けた有権者
収賄と不倫の記事は止まらない
首相にも賞味期限があるらしい

所得より負担を増やす岸田さん
処理水を嫌と言えない魚介類
神妙に聞いてるふりの古狸
信頼の回復図る原子力
政界もヤクザも揉める後継者

税金で名所巡りの首相秘書
知名度はだいぶ上がったバカ息子
ピンボケのメガネをかける首相さん
侵略に利害が潜むガス原油
政治家は恐縮そうに袖の下

選挙前バラマく給付人気取り
前線に立てない人が吹くラッパ
砲撃の合間を縫って蒔いた豆
砲弾の破片飛び交う麦畑
四島を返す気がない独裁者

プーチンが三つに裂いた世界地図
プーチンの頭の中はまだソ連
プーチンと混ぜると危険プリゴジン
プーチンに後押しされる防衛費
プーチンがヒヤリとさせる核兵器

力には力で挑むウクライナ

軍事侵攻平和が遠いウクライナ

見た目より意外と脆いロシア軍

塹壕で新年祝うウクライナ

ハリウッドのようにいかないウクライナ

進むのも退くのも地獄ロシア兵
西側が羨むほどの中朝露
戦前の形相らしい防衛費
戦争をしたがっている防衛費
総裁を振れば出てくる給付金

セクハラも雪掻きもする自衛隊

大砲も注射も打てる自衛隊

民よりも身内を守る首相さん

炭鉱の跡地のような落選者

知事さんとぎくしゃくしてるリニアカー

戦争を待っているかの防衛費

着々と増額される防衛費

ミサイルに防空頭巾被る母

賃上げの赤旗を振る岸田さん

飛び立つと振り返れない渡り鳥

ミサイルにストレス溜めるズワイガニ
トランプはやんちゃするほど支持上がる
取説が英語ばかりの自衛隊
永田町羽化が出来ないセミもいる
難解なパズルみたいな弁明書

西側の好意にねだる戦闘機
日本沖の秋刀魚を捕りにやってくる
年金を減らして飛ばす戦闘機
博覧会テントだったらまだやれる
避暑地より涼しいらしい永田町

武器倉庫パンパンにする防衛費
不審死でなくて良かったゴルバチョフ
ミサイルが底引き網に掛りそう
トランプと馬が合いそう中朝露
ミサイルを眺めるだけの自衛隊

ボルネオへの旅

日本と時差1時間、成田から直行便で約6時間で行ける熱帯の島ボルネオのサバ州を紹介します。赤道直下に位置し世界で3番目に大きな島です。島全体に熱帯雨林が密集し200種類以上の哺乳類をはじめ、両生類、爬虫類、鳥類、昆虫が生息し植物も1万5千種類確認されています。

サバ州には30以上の民族が共存し、イスラム教のほかキリスト教も多いと聞いています。言葉は主にマレー語ですがホテル・タクシー・土産屋等では英語も広く普及しています。中国語も話され大きなマーケットやホテルは中華系の方が経営されています。

車は左側通行ですので日本と変わりなく国際免許があれば運転できます。ただ交差点がロータリー式になっており右折には気を使います。日本の中古車も多いですがベンツや韓国車も走っています。ガソリンは日本の半額程度で給油できます。

食べ物は海の幸、山の幸共に豊かなサバ州ではバラエティーに富んだ新鮮なシーフードやローカル料理が楽しめます。

青年海外協力隊としてマレーシアに派遣された娘がこのサバに魅了され家庭を持ち、そのまま住み着いてまもなく10年になります。

（「川柳瓦版」令和6年1月号掲載）

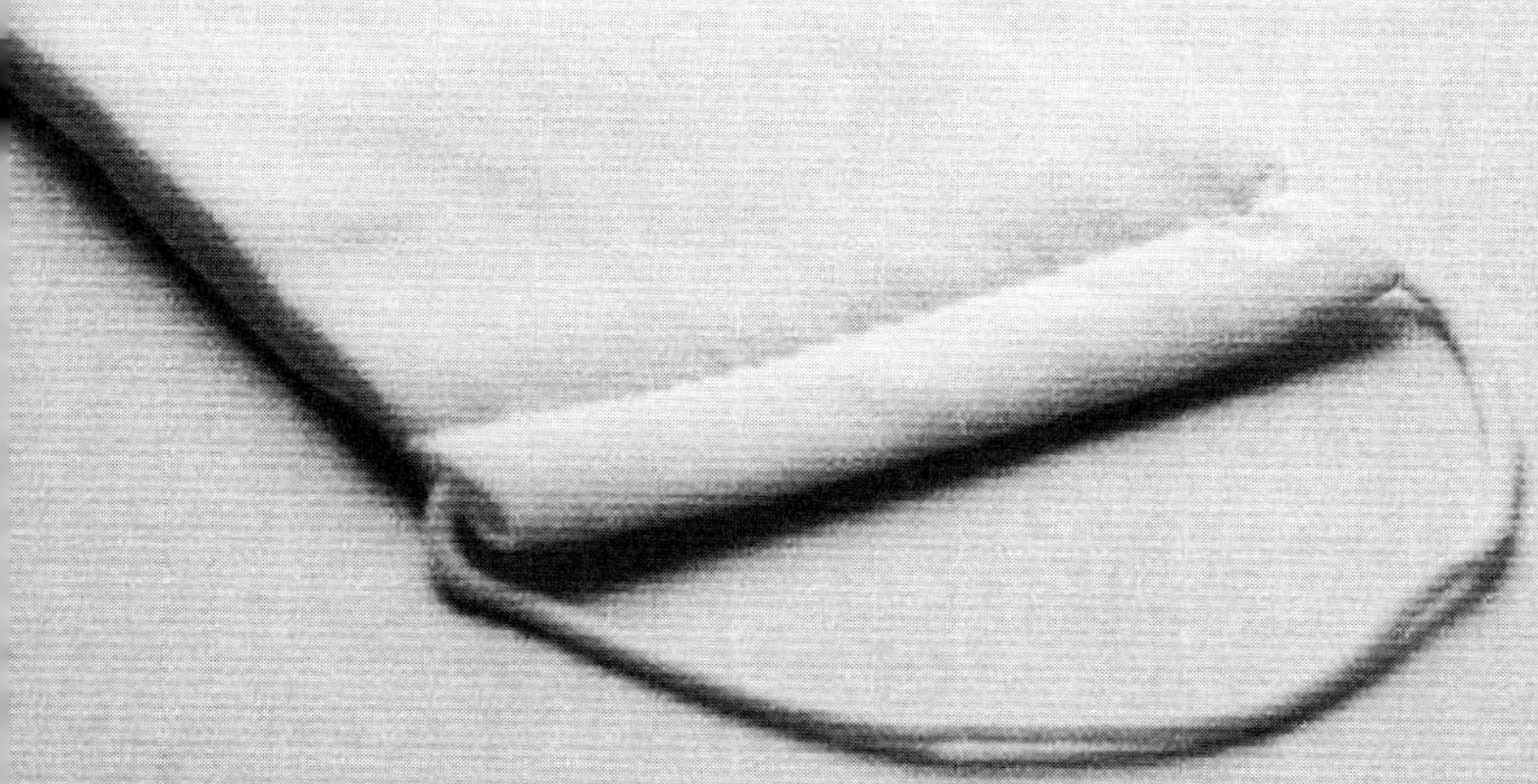

第二章

令和３(2021)年の出来事

2月、新型コロナウイルスのワクチン接種(無料)スタート。医療従事者が先行して接種の後、高齢者・基礎疾患がある人への優先接種、64歳以下の一般向け接種と順次拡大。接種場は病院や診療所の他、各自治体での集団接種、自衛隊が運営する大規模接種など多くの接種ルートが作られ国民の8割近くが2回目の接種を終え、12月には3回目となる追加接種開始。5月、前年より世界で猛威を振るっていた新型コロナ変異株の中で感染力の強い株をWHOが「デルタ株」と命名。7月、静岡県熱海市で土石流発生。県基準を大幅に超える盛り土が被害を甚大化させた可能性が浮上。造成業者や土地所有者の関係先を業務上過失致死などの容疑で捜索。東京オリンピック・パラリンピックを無観客で開催。9月、国内のコロナ感染者が累計150万人を突破。自民党新総裁に岸田氏、第100代首相に。10月、秋篠宮家の長女・眞子様が大学時代の同級生の小室圭氏と結婚。11月、エンゼルスの大谷翔平が米大リーグの今季最優秀選手(MVP)、藤井聡太三冠が竜王を獲得。12月、大阪市北区の心療内科クリニックで放火殺人事件。

知らぬ間にスマホに支配されていく

（R2・12／17掲載）

選手より多い気がする監督車

（R3・1／7掲載）

故郷を喋りたそうなカニの足

（R3・1／19掲載）

何よりも重たいでしょう首相の座

（R3・2／1掲載）

あの方に票入れたのは私たち

（R3・2／13掲載）

アクリル板温もりまでも遮断する

（R3・2／24掲載）

沈丁花香るマスクのすき間から

（R3・3／3掲載）

WEB会議歯磨き終えて席につく

（R3・3／18掲載）

消毒で一生分のもみ手する

（R3・4／9掲載）

WEB会議どこに逃げても追ってくる

（R3・4／23掲載）

秘書官の秘書を支える秘書がいる

（R3・5／17掲載）

大幅にフライングした梅雨が来る

（R3・5／25掲載）

終息を見越した秋の旅チラシ

（R3・6／7掲載）

接種から土嚢積みまで自衛隊

（R3・6／22掲載）

WEB会議猫の参加で座が緩む

（R3・6／29掲載）

仰向けで想い遂げたかアブラゼミ

（R3・8／17掲載）

ＷＥＢ会議補助する人の手が伸びる

（R3・8／27掲載）

トランクに詰めては出すの繰り返し

（R3・9／1掲載）

ギリシャ語で足らぬ気がする変異株

（R3・9／22掲載）

合いの手をこわごわ掛ける秋祭り

（R3・10／10掲載）

選挙前急に始めるゴミ拾い

（R3・10／17掲載）

お飾りの人がいそうな立候補

（R3・10／21掲載）

指先が目にも留まらぬスマホ族

（R3・10／27掲載）

ミサイルを生け捕りしそう地引網

（R3・11／10掲載）

体内に各種ワクチン同居する

（R3・11／28掲載）

消毒で明け消毒で暮れていく

（R3・12／6掲載）

日めくりをまとめて破る十二月

（R3・12／15掲載）

前足が勝手に向かうネオン街

（R3・12/23掲載）

陰性と通知が届くお年玉

（R4・1/11掲載）

顔認証迷わすほどの付けまつ毛

（R4・1/17掲載）

ヨーロッパアルプス

初めての海外が30日間のヨーロッパアルプス登山とローマの旅でした。ドルが３００円代のころにアンカレッジ・アムステルダムを経由しスイスに入国しました。バスでシャモニーに移動しヨーロッパアルプス最高峰モンブラン４８０７ｍへグーテルートを通り登りました。途中山小屋に一泊し岩稜、雪稜を登り小屋から4時間ほどで山頂に着きました。下山はモンブラン三山落石に注意すれば難しいルートではありませんがきつい登りです。下山はモンブラン三山を縦走、ロープウェイ駅のミデイまでの雪壁をザイル使ってクレパスを避けながら下りました。登りより難度の高いルートでした。

次にツエルマットに移動しマッターホルン４４７８ｍに登りました。ヘルンリ小屋に一泊して、翌朝3時頃からヘッドライトの灯りで岩場を登っていきます。危険な所にはロープが固定されており特別難しくありません。が日本でザイルワークやアイゼンを使ったトレーニングが必要です。山頂の往復は休みなしで10時間位かかりました。登山の後、イタリアのローマまでミラノ経由の電車を乗り継ぎながら行きました。約12時間の車窓を楽しみました。ローマではコロッセオ遺跡等を見学しました。

（瓦版令和5年9月号掲載）

元核マル派マスク着けたら出るパワー

辞める前会食増えた前総理

横文字の兵器が並ぶ自衛隊

ロボットで周り固める中朝露

日本も飛ばしてみたいトマホーク

インバウンド住民よりも知る穴場

凧揚げの子供を見ないお正月

安全と言われた時もある日本

GPTも人間並みの嘘をつく

NOと言えば袋叩きの闇バイト

焦るほど深みにはまる遭難者
スマホから街の本屋が煽られる
温かいその一言に救われる
危なくて金歯を出して笑えない
安全に処理したらしい汚染水

育児休暇取得したいなジジとババ
意地通す度に薄れる羞恥心
梅田より混みあっている上高地
売れ残り値引きを叫ぶ娘さん
駅で弾くもしもピアノが弾けたなら

エルニーニョ暑すぎるにも程がある
大口の注文がない除草剤
紫陽花が色っぽくなる小糠雨
梅雨入りと間違えそうな強い雨
大声で騒いでみたいランドセル

お下がりの制服着てた昭和の子
大人までほっこり包むドラえもん
思い出はスマホに刻む新時代
海外で通じるらしい「まけてえや」
ガス電気にほとんど消えるパート代

神さまも詰まる所はお金好き
髪の毛までワクチン漬けにされていく
スカスカの神輿を担ぐ自民党
強敵は囁いてくる影の声
キラキラと輝いているボランティア

ギリシャ語に不安が募る変異株
軽四でバーゲン向かうお金持ち
現ナマの威力を知らぬキャッシュレス
原発をヒヤリとさせる大地震
高騰の金の入れ歯で食いつなぐ

強盗もギャングみたいな事をする
資産ゼロ箪笥の中は非公開
週刊誌こわごわ覗く性加害
十八歳成人前に羽化をする
少子化で成り手不足の自衛官

初診には紙保険証の予備が要る

震災時ご馳走だったカップ麺

スマホから掴まれている趣味趣向

世界地図人材難を叫ぶ声

善人の仮面を被る特殊詐欺

駄菓子屋で商品券は使えない

賃上げを追い越していく物価高

電車内豚まん匂うボーナス日

流れる血あなたと同じ赤い色

悩みごと上司の前にまずスマホ

日本から無くなりそうな侘びと寂

ニワトリも産めよと殖やせと責められる

年金額拡大鏡でやっと見え

徘徊と靴だけ違うウォーキング

増えていく一人暮らしの一軒家

故郷の思い出奪う土石流

文春に頼りっぱなしの質問書

曲がるほど胡瓜が売れる無農薬

ワクチンとバトルが続くオミクロン

マスク越しアクリル越しの話し合い

イメージとかなり違ったノーマスク
マスク美人今のうちにと披露宴
美人ほどマスクを外す電車内
三年分の話が弾むノーマスク
鼻歌を唄いたくなるノーマスク

ほんのりと明かりが見えるコロナあけ
終息後たどってみたい世界地図
国産のワクチン期待してたのに
窓閉めて松茸焼いて美味しいか
ミサイルをねぐらに使うズワイガニ

水際で食い止めている麻薬犬
やぶ蚊までついてきている避難場所
陽性にニワトリならば殺処分
不揃いの年輪刻む温暖化
やっかいな近くで遠い北の国

列島が人材不足嘆く秋

まだ少し欲が残った米寿です

役職を比較したがるクラス会

少子化に意地を見せたい高齢化

温かい言葉にとけていく誤解

アンデス音楽を訪ねて

南米のアンデス地方にインカ時代以前から伝承されてきた、竹で作られたケーナの哀愁を帯びた音色に魅せられてボリビアを訪ねた旅の話です。伊丹~成田~ロス~サンパウロ~サンタクロス~目的地ボリビアの標高4千mのラパス空港までの所要時間30時間におよぶ長旅です。ラパスは高層ビルが立ち並び思ったより大都会で、すり鉢状の街です。富裕層は酸素の濃い低地に住み、貧困層は高地に住みます。ホテル周辺にはカテドラル、土産屋、楽器屋等が立ち並ぶ賑やかな街です。

アンデス音楽はフォルクローレと呼ばれており、先住民の音楽とスペイン人が持ち込んだ音楽とアフリカから奴隷として連れてこられた人たちの音楽が混ざり合って生まれたとも言われています。ケーナやサンポーニャという管楽器とチャランゴやギターといった弦楽器とボンボという打楽器等を使って演奏されます。代表的な曲は「コンドルは飛んで行く」「花祭り」「ランバダ」などがあります。伝統的な祭りや踊りには欠かせない音楽です。関西でも主な駅周辺で演奏されていますので一度立ち止まって聴いてみてください。

癒されること間違いありません。

（「川柳瓦版」令和5年8月号掲載）

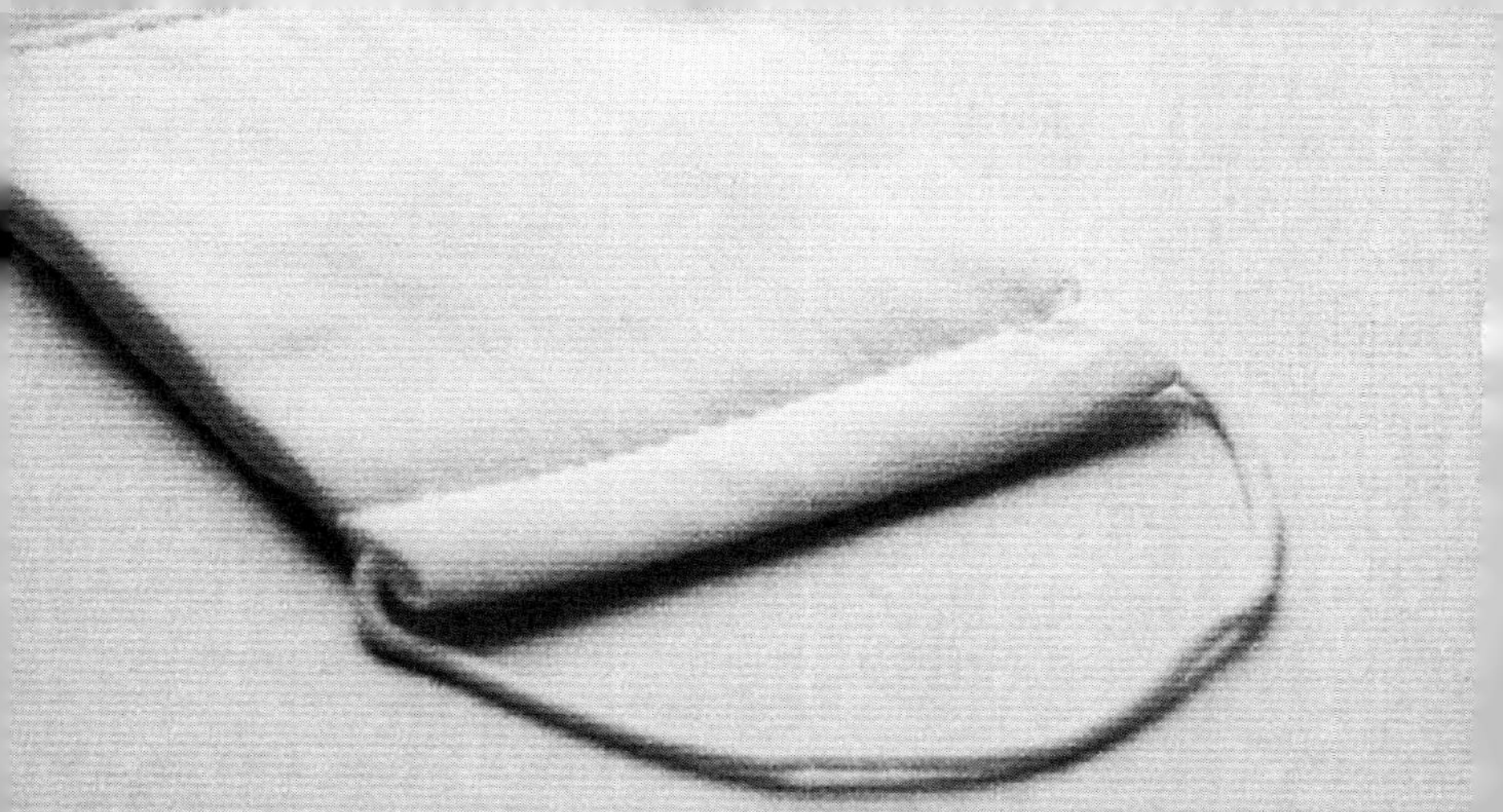

第三章

令和4(2022)年の出来事

2月、北京冬季オリンピック開催。ロシア連邦がウクライナへの軍事侵攻を開始。藤井聡太竜王が最年少五冠を達成。「オミクロン株」第6波ピーク。4月、北海道・知床半島の観光船「MAZU　1(カズワン)」沈没事故。成人年齢を18歳に引き下げ。7月、安倍元総理が奈良市で演説中に銃撃を受け同日死去。9月には日本武道館で国葬が営まれた。10月、円相場が一時、1ドル=150円台まで下落。東京ヤクルトスワローズの村上宗隆が日本選手の最多本塁打を更新、「村神様」が「2022ユーキャン新語・流行語大賞」の年間大賞に。12月、安倍晋三・元首相の銃撃事件をきっかけに「世界平和統一家庭連合(旧統一教会)」の政治問題に発展し、高額寄付被害救済・防止法が成立。

この年は北朝鮮によるミサイル発射が相次ぎ、1月6回、2月1回、3月3回、5月4回、6月1回、9月3回、10月5回、11月5回、12月3回の計31回59発、弾道ミサイルを発射している。

知る前に着弾するか飛翔体

（R4・1／25掲載）

失言も名言もない岸田さん

（R4・2／1掲載）

消えていくオアシスだった純喫茶

（R4・2／17掲載）

小声ではやってられない寒稽古

（R4・3／4掲載）

大臣の秘書というより介護役

（R4・3／31掲載）

花束を駅に忘れる退職日

（R4・4／19掲載）

蜜蜂が迷い箸する花盛り

（R4・4／29掲載）

泥沼の足が抜けないロシア軍

（R4・5／12掲載）

三大関やる気が出ない五月病

（R4・5／20掲載）

抜け道を良く知っている選挙カー

（R4・6／2掲載）

キャッシュレス無限に見えるお小遣い

（R4・6／7掲載）

戦争は勝つことよりも納めどこ

（R4・6／30掲載）

監督が茶の間にもいるタイガース

（R4・7／21掲載）

書道展書いた人だけ読める文字

（R4・7／28掲載）

接種証明ぶら下げ巡る観光地

（R4・8／9掲載）

ミサイルに素早く被る中華鍋

（R4・8／16掲載）

五輪には金の成る木が生い茂る

（R4・9／13掲載）

不揃いのリンゴが並ぶ直売所

（R4・10／4掲載）

聞き過ぎて立ち往生の聞く力

（R4・10/17掲載）

マイナカード飴から鞭に模様替え

（R4・10/25掲載）

三猿を国会内に放し飼い

（R4・11/1掲載）

ゲーマーの稽古場みたい電車内

（R4・11／7掲載）

吸殻を捨てたらアカン足が付く

（R4・11／11掲載）

猫の手も足も借りたい十二月

（R4・12／19掲載）

ネパールの旅

北は中国、南はインドの大国に挟まれたネパールのカトマンズ空港を降り立つと薄紫の花を付けたジャカランダが迎えてくれました。常宿にしているタメル地区の日本語が多少通じるフジホテルに向かいボランティア団体の人と合流しました。今回は植樹活動の手伝いが目的です。カトマンズから西の観光地ポカラに向かい、チャーターした四駆に乗り換え、さらに西のベニへここから現地ガイド・ポーター・コックと合流し食料を買い込んでトレッキングの出発です。大きな荷物はポーターが持ってくれ昼食はコックが先に行って作ってくれる大名登山です。山小屋に三泊し目的地のサリジャ村に到着。標高約２０００mに位置し人口約３千人の村です。現金収入がないため若者は中近東やアジア等に出稼ぎに出ています。病院はありますが医師は常駐していません。宿泊施設はないので民家にホームステイしました。この家では粟から焼酎を作っており、夕方になると居酒屋になり酒飲みが集まってきます。どこの国でも大きい声でケンカを始める酒癖の悪いのがいます。村人は日本人に顔はそっくりです。なぜ植樹活動かというと村の周辺は炊事の薪のため切り倒されたままの状態で植林という文化を広めるためだそうです。

（「川柳瓦版」令和5年10月号掲載）

スマホから白痴化されるニホンジン
指先にストレス溜まるデジタル化
買い過ぎたマスクのゴムが伸びてくる
ワクチンもチャンポンされる十二月
やって来るのも去るのも早いお正月

うっちゃりで明暗付けた土俵際
オリンピックの価値を落とした無観客
幹部には世襲はいない将棋界
金メダル呪文のような離れ技
連敗でビックマウスも湿り気味

 鍋つかみ

八月でもエンジョイできる虎ファン
ぼんやりとさせてくれないタイガース
アレアレの言葉分かる虎ファン
縦縞の背広はたぶん虎ファン
九回裏明暗分ける逆転打

薪ストーブ寂しがり屋を誘い出す
始発駅いつも隅っこ座るひと
「なごり雪」もう口ずさむ汽車がない
銀河まで百億円の乗車券
カバンにはでっかい夢を詰めている

紀行文さらさら走るボールペン

休耕地をじわじわ攻める麒麟草

空調機サクラ咲くころひと休み

スマホからパンクするほど豆知識

検索の履歴でバレるエロじじい

さらさらと流れるような草書体
ほかほかの夢が詰まったランドセル
使用する漢字で違う　はかるもの
書店には掘り出し物の夢詰まる
真実を見落としそうな色眼鏡

身長も伸びてきそうないい陽気

水道管マフラー巻いて冬籠り

正解は人それぞれの貌に出る

接種日にページをめくる旅の本

ソワソワし新芽が出番袖で待つ

通販の服が並んだクラス会

タケノコが背丈を競う雨上がり

地球では生きていけない宇宙人

通販が占拠しそうなテレビ局

ややこしいところに埋まるガス原油

偵察の気球がかぶる中華鍋
馬鹿話しない銀座の焼鳥屋
ドラえもん生まれてずっとグータッチ
夏休み人の尻見て富士登山
何気ない会話に宿る温かみ

根曲り竹豪雪に耐え伸びていく

喉元に勝手に入る吟醸酒

八冠が決して見せない水面下

八冠を虎視眈々の若き棋士

彦星が橋を架けたい天の川

川柳会前途多難のデジタル化

独り言本音が零れ落ちる口

日向より日陰を好むカタツムリ

文末にちくりと皮肉添えている

ポイ捨てのマスクが目立つ御堂筋

間違いを屁理屈捏ねて押し通す

窓開けてイヤな意見を換気する

夕暮れに鹿が散歩の過疎の村

雪掻きで休暇が終わる里帰り

良く学び高みを目指す苦学生

プライドを目立たぬように飾りつけ
へそくりの在り処をルンバ嗅ぎまわる
どっしりと構えてますが鈍いだけ
年輪を見れば育ちが隠せない
花よりも花を咲かせる土が好き

記者会見台本なしはぎこちない

クリスマス使い回しの飾り物

少子化でサルも入れる私立大

ウクライナよりボーナスの支給額

ロシアでは毒を盛られる反戦句

アクリル板残しときたい社長室
あんたには愛はあるんかデジタル化
言い訳を聞いてはくれぬe-Tax
おばちゃんの見本みたいな綾戸智恵
オフレコで言ってイイ事ワルイ事

母ちゃんのうしろ姿は高見山

上下で口論してる二枚舌

屁理屈で口答えする反抗期

クレーンも老化したのかよく倒ける

採血が看護師よりも上手な蚊

車庫が電動自転車に置き換わる
しゃべくりの競技があれば金メダル
葬儀社を二社予約するおじいちゃん
茶化されて気付かぬふりも生きる知恵
それっきり連絡がない流れ星

ネパール地震

ネパールの首都カトマンズの北西約77㎞で2015年4月25日M7・8の大地震が発生しました。建物の倒壊、雪崩、土砂災害などによりネパールだけで約9000人の方が亡くなり、約77万戸の建物が全壊、また多くの文化遺産も破壊されました。20数年来のネパール人の友人ギリさん夫婦から、協力依頼のメールが届き、地震の翌年にカトマンズから車で約3時間、標高2000mほどの段々畑の中にある田舎の総勢100名程度の小学校に給食支援のボランティア活動に行ってきました。

義援金と奥さん手作りクッキー、蒸しポテト、リンゴ等の支援物資をチャーターした車に積み込んで総勢7名で出かけました。この地域は震源地に近く、約3000名の方が全壊した日干し煉瓦の家屋の下で亡くなっているそうです。現金収入も少なく学費も給食費も払えず学校に行けない子供に友人のギリは地震前から支援を続けていましたが被害が多大のため資金が不足したそうです。

コロナ等の影響で8年ほど行けてないので小学校や街の復興の進み具合は見ていません。ギリの奥さんが作るスパイスの効いた本場のカレーやモモ（ギョーザみたいなもの）を食べにネパールへ行きたくなりました。

（「川柳瓦版」令和5年11月号掲載）

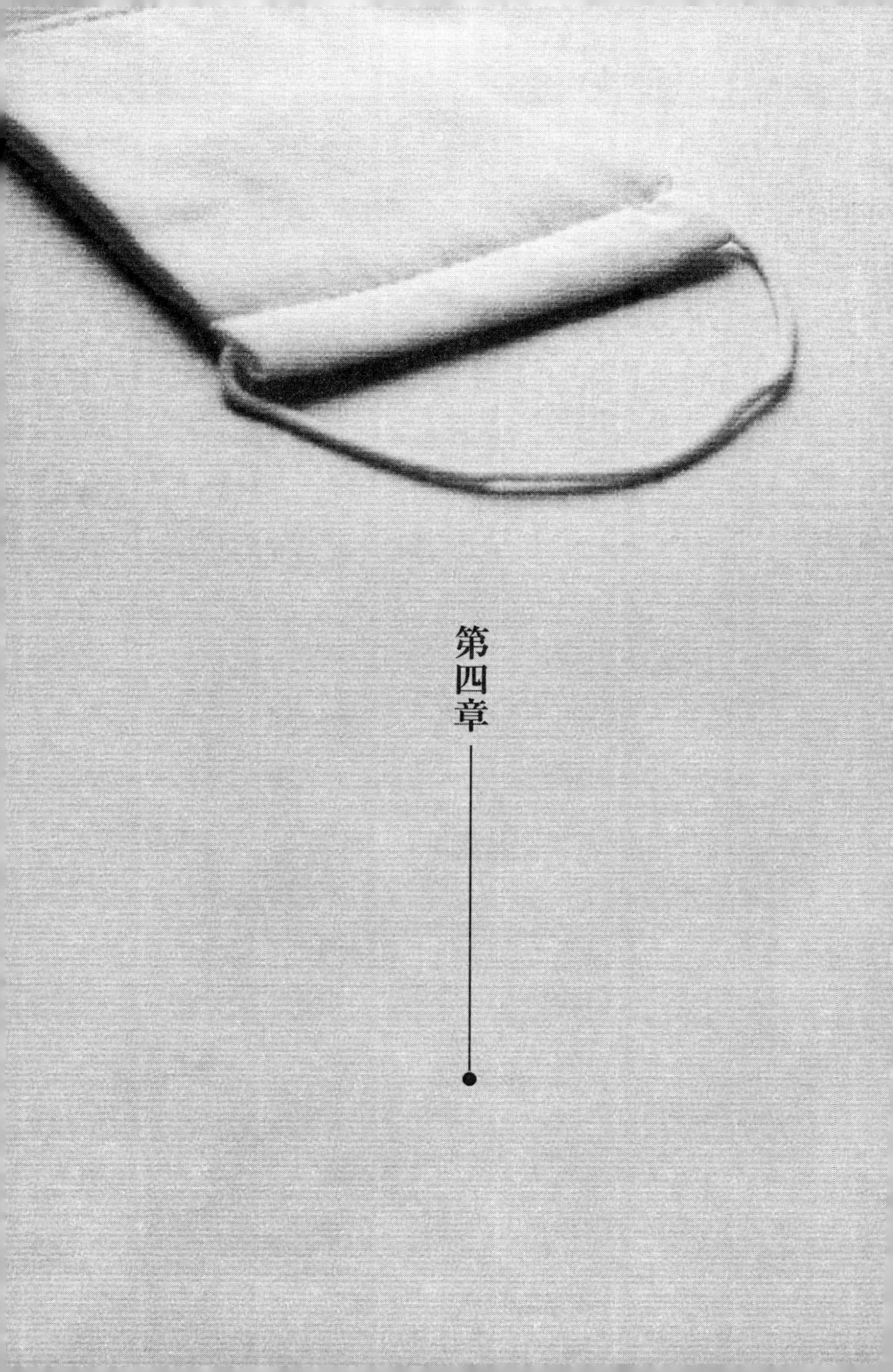

第四章

令和５(2023)年の出来事

2月フィリピンを拠点にしていた特殊詐欺グループ幹部ら４人が強制送還され逮捕。３月、WBCで侍ジャパンが１4年ぶり３度目の優勝、同時に選手が行なった「ペッパーミルパフォーマンス」が流行。５月、新型コロナが季節性のインフルエンザと同じ「５類」に引き下げ。８月、夏の全国高校野球で神奈川の慶應義塾高等学校が１07年ぶり優勝。９月、ジャニーズ事務所がジャニー喜多川氏による性加害問題による記者会見、新体制の発表。この年の夏(６～８月)の日本平均気温が統計開始以降最も暑かったと発表。１0月、藤井聡太竜王が史上初の８冠独占。１1月、阪神タイガースが38年ぶりに日本一。岡田彰布監督が選手が意識しすぎないようにするため優勝を「アレ」と表現し流行語に。監督が食べていた「パインアメ」も話題に。大谷翔平２度目の満票によるアメリカン・リーグ最優秀選手(ＭＶＰ)に選出。１2月、大谷翔平、ドジャースへの移籍を発表。

シャンソンにも街のゴミにもなる枯葉

（R5・1／8掲載）

手にすると試したくなる新兵器

（R5・1／19掲載）

フィリピンへ髭面行きにくくなった

（R5・2／20掲載）

夫婦喧嘩のシェルターにもなる炬燵

（R5・3／2掲載）

そちらよりこちらの竹は旨いだろ

（R5・3／10掲載）

番組に睨みを利かす早苗さん

（R5・3／23掲載）

買い過ぎた不織布マスク黄ばみだす

（R5・3／30掲載）

迂闊な事言ってはならぬ陸自ヘリ

（R5・4／18掲載）

GPT使ってそうな答弁書

（R5・4／30掲載）

国債の山を見上げる植田さん

（R5・5／9掲載）

プーチンに三冊は要る懺悔録

（R5・5／31掲載）

庭の蚊に注意されそう血糖値

（R5・6／9掲載）

ジャングルで生きてゆけるかスマホ族

（R5・6／22掲載）

故郷からメロンの箱でナス胡瓜

（R5・7／2掲載）

タンス預金当てにしそうな防衛費

（R5・7／9掲載）

捨て犬にされたようだなプリゴジン

（R5・7／18掲載）

穂高よりルートを迷う梅田地下

（R5・7／31掲載）

虎ファンは持ってるものですぐ分かる

（R5・8／8掲載）

戦争が無いからなった自衛官

（R5・8／18掲載）

地獄を体験しているような夏

（R5・8／29掲載）

戎橋より河童橋混み合って

（R5・9／7掲載）

大仏と人気を分ける奈良の鹿

（R5・9／13掲載）

風力も原子力にもいる議員

（R5・9／21掲載）

いきなりにノックもせずに秋が来る

（R5・10／2掲載）

老人会古希ぐらいではお呼びなし

（R5・10／12掲載）

塹壕に二度目の冬のロシア軍

（R5・10／22掲載）

投手より一塁が似合う岸田さん

（R5・10／31掲載）

ダイエットモデルになれそうな秋刀魚
（R5・11／6掲載）

外国と勘違いする河原町
（R5・11／16掲載）

お飾りの人がいそうな政務官
（R5・11／24掲載）

ミサイルも銃も持たないカブトムシ
（R5・12／8掲載）

血税を一度吸ったら辞められぬ
（R5・12／22掲載）

コソコソと口裏合わせする落葉
（R5・12／28掲載）

ロボットに雇われそうな十年後

柳生の里剣客風の人ばかり

Ｗｅｂ会議無駄口なくす味気無さ

老人にならないように爪を研ぐ

足腰が悲鳴をあげる油切れ

嘘つかれ気付かぬふりも年の功

遺伝子が酒の匂いを引き寄せる

足元が制御不能の三次会

ちびちびと飲んでいるのにビール腹

傷ついたハートを癒すネオン街

内心を三面鏡に覗かれる

あばら家の文鎮にされている書棚

言い訳を探して帰る千鳥足

行き当たりばったり好むぶらり旅

意地通すたび厚くなる面の皮

一行に収まりそうな遺言書

遺伝子のせいにしている怠け癖

ガラス戸を通して見える幸せ度

梅田地下すんなり行けぬ目的地

演奏会同じところで犯すミス

鉛筆を転がし書いた答案紙
コンビニが裏にあるから痩せれない
思い出を瞬時に削除するマウス
温室で甘く育った文通費
焼き芋と相性がいい新聞紙

駆け引きを覚え始めた三歳児
ガラケー派電話とメールあれば良い
切れ端の方が得するカステイラ
靴ひもを固く結んだ入社式
欠点が少しあるのも隠し味

木枯らしに誘われ旅に出る落ち葉

ゴソゴソと眺めるだけの一張羅

子供より頼りにしてるポチとタマ

雑草とバトルしている庭掃除

正座して聴取されてる朝帰り

叱られて少ししょっぱい握り飯

死ぬまでに打ってみたいな逆転打

師の影を踏みそうになる優秀句

弱点をわざとさらして愛される

酒税ならトップクラスの納税者

正直者とっさに出ないおべんちゃら
昇進の祝いの席の旨い酒
素面では言えそうもない愛してる
スーパーを散歩コースにいれている
すき焼きをクーラー効かせ食べている

ボロがでる前にそろりと引き上げる

静寂は苦手なんです寂しがり

千円では中途半端な立ち飲み屋

前夜からそわそわそわそわの初デート

立ち読みに寛容だった店がない

旅の友マスクにスマホあと地酒

七十代末だわからぬ塩加減

縮んだり伸びたりしてる妻との間

通販のおせちが奪う妻の愛

デマ撒かれ唇噛んで気を晴らす

取りあえずいつものように中ジョッキ

仲人席スマホが座る披露宴

何気ない妻の一言大当たり

ネコ年と間違えそうな年賀状

年二回ほどよい頃に孫が来る

ハイテクで操作に困る御手洗い

ピンコロは介護保険の納め損

豚まんをぶら下げ帰る金曜日

フランス語に聞こえてしまう「あかんたれ」

ポケットにいつも入れてる言い逃れ

母校から届く封書は寄付依頼
ボツの句を繋ぎ合わせてリサイクル
ワクチンを打っておこうかタダの内
結びには苦労話を少し盛る
メールでは伝えきれない胸の内

目覚ましは妻のさえずり飛び起きる

あの世でも動いてそうな妻の口

豚まんで御機嫌になる妻が好き

老妻がなかなか見せぬ腹の中

役職が外れ気楽な同期会

合言葉忘れて家に入れない
死ぬまでに手にしてみたい宝地図
古希過ぎが四コーナーの曲がり角
世襲議員生んでいるのは私たち
裏金に振りかけている臭い消し

あとがき

読売新聞大阪本社の時事川柳に１００句掲載された記念に句集「鍋つかみ」を発刊しました。

コロナ禍の２０２０年４月から外出自粛となり家に居ても手持ち無沙汰のとき会社の先輩石崎さんの声掛けで川柳をやっておられた安藤さんを師匠とした「安藤川柳教室」が大須賀さんを加え４人で立ち上がりました。まったく川柳には縁がなかった人生を歩んできましたが師匠の「ランドセル早くお外で背負いたい」を手本に新聞投稿を始めハガキ３通目で「アベノマスク届くころには鍋つかみ」が初掲載されました。

この掲載が川柳を本格的に始めるきっかけとなりました。

その後、家の近所の川柳カルチャーで米田恭昌先生に川柳のイロハを師事し、川柳塔、川柳塔なら、翠洋会を紹介していただきました。この縁で川柳瓦版の存在を知りました。

新聞掲載のほか雑誌や川柳句会で入選した句も厳選して435句掲載しました。楽しんで詠んでいただけたら幸いです。

本句集発刊に際してお忙しい中を「川柳瓦版」の井上一筒会長から「序にかえて」を書いて頂きました。本当にありがとうございました。時事川柳の「風刺とユーモア」を忘れずに、なお一層精進せねばと思いました。

最後に発刊に当たり構成・編集をして頂きました新葉館の松岡恭子さんに厚くお礼申し上げます。

「黒ずんだアベノマスクの鍋つかみ」

令和6年5月

東　定　生

【著者略歴】
東　定生（あずま・さだお）
昭和26年11月福岡県久留米市生まれ
現在、奈良市に在住

今までの主な趣味
登山（ハイキングから岩登り、冬山まで）
音楽活動（アンデスのフォルクローレをグループで演奏活動）
川柳（川柳塔社同人、川柳塔なら同人、川柳瓦版の会同人、翠洋会所属）

鍋つかみ
○
2024年5月18日　初版発行
著　者
東　　定　生
発行人
松　岡　恭　子
発行所
新　葉　館　出　版
大阪市東成区玉津1丁目9-16 4F　〒537-0023
TEL06-4259-3777 FAX06-4259-3888
http://shinyokan.jp/
印刷所
明誠企画株式会社
○
定価はカバーに表示してあります。

ISBN978-4-8237-1326-2